le Royaume Enchanté

La Clairière des songes

Cet ouvrage a initialement paru en langue anglaise sous le titre :
Secret Kingdom, Dream Dale

Traduction : V. Mouriaux
Conception graphique : Lorette Mayon
Colorisation des illustrations : Sandra Violeau

Hachette Livre, 43, quai de Grenelle, 75015 Paris.

Rosie Banks

le Royaume Enchanté

La Clairière des songes

hachette
JEUNESSE

Les personnages

Summer est réfléchie, Ellie est inventive,
et Jasmine est pétillante… Mais elles ont beau
être très différentes, elles sont inséparables !
Leur point commun ? La curiosité
et la soif d'aventure !

Trixibelle

Comme toutes les fées,
Trixi est minuscule
et possède des pouvoirs
extraordinaires…
Des ailes ? Aucun intérêt,
quand on peut voler
sur une feuille !

Le roi Merry

Le roi Merry règne sur
le Royaume Enchanté.
Généreux et tête
en l'air, il s'affole vite
en cas d'ennuis…
Il préfère faire la fête
et voir les gens heureux !

La reine Malice

C'est difficile à croire, et
pourtant… la reine Malice
est la sœur du roi Merry !
Elle est aussi diabolique
qu'il est bienveillant,
et aussi abominable qu'il
est adorable.

Voici
le Royaume Enchanté !

Bienvenue dans la Clairière des songes !

1. Au lit !

— À toi, Summer ! crie Jasmine en lançant la balle.

La fillette l'attrape au vol et la passe à Ellie. Au même moment, sa mère, Mme Macdonald, sort de la maison.

— Les filles ! appelle-t-elle.

En se retournant, Ellie heurte Summer et tombe à la renverse.

— Aïe !

— Pardon ! s'écrie son amie. Je t'ai fait mal ?

— Ce n'est rien ! grimace Ellie. J'ai l'habitude, tu sais !

Summer l'aide à se relever. Pauvre Ellie ! C'est vrai qu'elle est souvent maladroite.

— Pouvez-vous coucher Molly, ce soir ? demande sa mère. J'ai une tonne de paperasse en retard…

Ellie jette un regard dépité à ses amies : sa petite sœur de quatre ans est une vraie chipie. Pas question de la laisser gâcher leur soirée pyjama-DVD !

— On t'aidera ! lui promet Summer, compatissante.

— Tu peux compter sur nous ! affirme Jasmine, confiante.

Ellie hoche la tête.

— D'accord, maman ! finit-elle par répondre.

— Merci, les filles ! Du pop-corn vous attend dans la cuisine ! lance Mme Macdonald avant de disparaître dans la maison.

— On couche Molly vite fait, puis on regarde un film ? propose Jasmine.

— Hum… Ma sœur ne s'endort pas aussi facilement… explique Ellie.

— Avec mes frères, c'est pire ! intervient Summer.

— Pas de souci, tout ira bien ! la rassure Jasmine. On a vaincu la reine Malice, alors on saura bien coucher Molly, non ?

Les fillettes échangent un sourire complice. Non seulement elles sont les meilleures amies du monde, mais elles partagent aussi un grand secret : toutes trois se rendent régulièrement au Royaume Enchanté grâce au coffret magique trouvé lors du vide-greniers de l'école ! Le roi Merry le leur a envoyé, car son pays est en danger. Sa sœur Malice, jalouse de son pouvoir, veut anéantir le royaume.

Summer, Ellie et Jasmine ont déjà détruit ses sorts. Mais Malice a donné du gâteau empoisonné au roi : peu à peu, il se transforme en crapaud puant !

Pour le guérir, six ingrédients sont nécessaires. Les fillettes en ont déjà découvert deux. Elles doivent absolument trouver les autres avant le Bal de l'été. En attendant, la fée Trixi et sa tante Maybelle ont lancé un sort pour que les habitants oublient ce qu'il s'est passé. Ainsi, la vie dans le royaume suit son cours…

— Vivement que Maybelle nous révèle le troisième ingrédient de l'antidote ! chuchote Jasmine en entrant dans la maison.

En pyjama, Molly saute gaiement sur le canapé. Avec ses

boucles rousses et ses yeux verts, elle ressemble comme deux gouttes d'eau à sa sœur. Mais en bien plus malicieuse !

— Qui joue avec moi ? demande-t-elle.

— Il est l'heure d'aller te coucher, petit singe ! annonce Ellie en souriant.

— C'est pas juste ! s'exclame Molly, déçue.

Elle lance un regard implorant à Jasmine.

— Tu joues avec moi à la marchande ? la supplie-t-elle.

— Euh… d'accord… répond celle-ci. Mais après, au lit ! Promis ?

— Promis ! répond Molly, radieuse.

Ellie lève les yeux au ciel et Summer hoche la tête : Jasmine se laisse mener par le bout du nez !

En effet, une demi-heure plus tard, elle achète des fraises et des framboises pour la centième fois…

— Au lit ! intervient Ellie. Tu as promis, souviens-toi !

— J'ai promis d'aller au lit mais pas de dormir ! rectifie sa sœur.

— J'abandonne ! s'exclame Jasmine. C'est trop dur de coucher les petits !

— On s'en occupe, déclare Summer en fermant les rideaux.

— Laisse-les ouverts ! lance Molly. Comme ça, je vois les étoiles et je n'ai pas peur !

Puis elle se cache sous sa couette.

— Ouh ouh ! crie-t-elle. Je suis où ?

Ellie éteint la lumière en adressant un clin d'œil à Summer.

— Molly a disparu ! Qui l'a vue ? chantonne-t-elle en s'éloignant à pas de loup jusque dans sa chambre.

Le coffret en bois du Royaume Enchanté est posé sur son bureau. Des créatures magiques sont sculptées sur les côtés, et un miroir entouré de six pierres vertes orne son couvercle. Soudain, le cœur d'Ellie fait un bond dans sa poitrine : le coffret brille ! La fée Trixi leur a envoyé un message.

— Jasmine, Summer, venez vite ! souffle-t-elle.

Ses amies se précipitent, intriguées.

— Que se passe-t-il ? interroge Jasmine.

Ellie referme la porte derrière elles.

— Regardez ! murmure-t-elle, les joues rouges, en leur montrant du doigt le coffret.

Les fillettes poussent un cri en voyant le couvercle scintiller.

— Le Royaume Enchanté a besoin de nous ! se réjouit Ellie.

2. Nuit blanche au royaume

Des mots se forment à la surface du miroir. Ellie lit l'énigme à voix haute.

— « *Venez vite, chères amies !*
Impossible d'endormir le roi Merry !
Retrouvez-nous à l'endroit où les drapeaux volent au vent

Au sommet des tourelles roses, près du firmament ! »

Les fillettes échangent un regard.

— Facile ! s'exclame Ellie.

— Le palais du roi Merry ! annonce Summer.

— Il a des tourelles roses ! ajoute Jasmine.

Elles posent leurs paumes sur les pierres vertes du coffret et murmurent :

— La réponse à l'énigme est le Palais Enchanté !

Un rayon lumineux jaillit du couvercle. L'instant d'après, une petite fée apparaît, virevoltant sur une feuille. Elle se pose sur le bureau, à côté d'un coquillage qu'Ellie a commencé à dessiner. Elle porte une longue chemise de nuit rose pâle jusqu'aux orteils. Ses boucles blondes s'échappent de son chapeau en forme de fleur.

— Ellie, Summer et Jasmine ! Quel bonheur de vous revoir ! Suis-je à la plage ? demande-t-elle en examinant le coquillage.

— Pas du tout ! s'esclaffe Ellie. Tu es dans ma chambre !

La fée dépose un baiser sur le nez de chacune.

— Que se passe-t-il au Royaume Enchanté ? s'inquiète Jasmine.

— Eh bien… commence Trixi en bâillant. Plus personne ne dort ! D'habitude, je lis une histoire au roi, et il s'assoupit aussitôt. Mais, la nuit dernière, rien à faire ! Il n'a pas trouvé le sommeil.

— Pauvre Trixi ! se désole Summer. Tu dois être épuisée ! Pourquoi personne ne dort-il ?

— Comment savoir... répond la fée en hochant la tête.

— Voyons voir... réfléchit Jasmine. Ne serait-ce pas encore un coup de la reine Malice ?

Trixi ouvre de grands yeux apeurés.

— Ne t'inquiète pas ! la rassure Summer.

— Acceptez-vous de venir nous aider ? demande la fée.

— Bien sûr ! déclare Ellie.

— Maybelle a-t-elle découvert le troisième ingrédient nécessaire pour fabriquer l'antidote du roi ? interroge Jasmine.

Leur amie secoue la tête tristement.

— Hélas, non ! Pas encore…

Puis elle tapote sa bague.

— Prêtes ?

Les fillettes acquiescent, les yeux pétillants de joie.

— « *Que nos chères amies*
Viennent aider le roi Merry
À dormir la nuit ! » chante la fée.

Un nuage d'étincelles jaillit et s'enroule autour d'elles. L'instant d'après, le tourbillon lumineux les soulève. Summer attrape vite les mains de ses amies.

— C'est parti ! s'écrie Jasmine.

Elles tournoient dans les airs.

— Waouh ! s'extasie Ellie en atterrissant sur un immense lit.

Il est au moins trois fois plus grand que celui de ses parents ! Un lourd rideau de velours rouge l'entoure, soutenu par quatre montants dorés.

— Un lit à baldaquin ! s'émerveille Jasmine.

Summer lève la main et sourit en sentant le diadème posé sur sa tête. Ses amies aussi en portent un : il en va ainsi à chacune de leurs visites au Royaume Enchanté. Cela signifie qu'elles sont des ATI : des Amies Très Importantes du roi Merry.

— Où sommes-nous ? demande Ellie.

Jasmine écarte le rideau rouge pour mieux voir. La chambre autour d'elles est immense. Une tapisserie dorée recouvre les murs, et des peintures de licornes, de sirènes et de fées décorent le plafond. Un chandelier orné de minuscules étoiles éclaire la pièce.

— Par ma couronne, qui est là ? gronde une voix.

— Le roi Merry ! s'exclame Ellie.

Les pommettes rouges, Sa Majesté approche du lit. Il est habillé d'une longue robe de chambre sur un pyjama rayé blanc et violet. Des lunettes en forme de demi-lunes sont perchées sur son nez, et un bonnet de nuit pend sous sa couronne royale. Même son ours en peluche en porte une !

— Mes amies ! se réjouit-il.

— Ellie, Summer et Jasmine sont venues aider les habitants du royaume à retrouver le sommeil, Sire ! explique Trixi.

— Excellente idée ! déclare le roi en ouvrant les bras pour enlacer les fillettes. Quel plaisir de vous… *CROAAA !*

Il pose aussitôt une main sur sa bouche.

— Excusez-moi ! J'ai toujours ce mauvais rhume…

— Ce n'est rien, le rassure Jasmine.

Le roi bondit d'un coup sur le lit. Les fillettes échangent un regard inquiet : l'état de Merry a empiré !

— Il saute comme un vrai crapaud… murmure Summer.

On frappe à la porte. Tante Maybelle entre en tourbillonnant sur une petite feuille. Elle est vêtue d'une longue robe verte et coiffée d'un petit chignon impeccable.

— Bonjour, tout le monde ! salue-t-elle avec un doux sourire. Sire, voici un lait tiède magique pour vous endormir…

Elle tapote sa bague, qui étincelle. Une tasse apparaît à côté du lit.

— Reposez-vous, Majesté ! conseille Trixi. Je m'occupe de nos amies.

— Merci ! bâille le roi en se glissant sous la couette. J'espère m'endor… *CROAAA !*

Il tire le bonnet de nuit sur ses yeux, tandis que Summer, Jasmine et Ellie suivent Trixi et Maybelle dans le couloir.

— Quel bonheur de vous revoir ! s'exclame la vieille fée. Je viens de découvrir le troisième ingrédient nécessaire à la potion.

— Quel est-il ? la presse Ellie.

— De la poussière de rêve !

— De la quoi ? interroge Summer, les yeux ronds.

— De la poussière de rêve ! répète Trixi. Chaque nuit, nos dragons rêveurs en fabriquent. Ils en saupoudrent le royaume, et les habitants s'endorment en faisant de beaux rêves.

— Où vivent ces dragons ? demande Summer, intriguée.

— Dans la Clairière des songes, répond la fée.

— C'est peut-être à cause d'eux que plus personne ne dort… suggère Ellie, pensive.

— Il n'y a pas de temps à perdre ! lance Jasmine. Rejoignons vite la Clairière des songes !

3. La Clairière des songes

La fée tapote sa bague en chantant :

— « *Pour la Clairière des songes, partons*
Rendre visite aux gentils dragons ! »

Aussitôt, un vent s'engouffre dans le palais. Un tourbillon

lumineux emporte Trixi et ses amies jusque dans une grande clairière entourée de rochers. Les pentes douces des collines sont couvertes de cerisiers aux fleurs roses et blanches, qui bruissent sur leur passage. Une rivière verte et dorée scintille entre

les arbres, et des papillons batifolent joyeusement. Certains se posent même sur les cheveux des fillettes !

Soudain, les trois amies se figent, bouche bée. À l'ombre des feuillages touffus, neuf dragons rêveurs se prélassent au soleil. Ils

ressemblent aux dragons chinois représentés sur certains tableaux : ils ont une grosse tête allongée, un peu comme celle des chevaux, de grands yeux marron, une longue queue et quatre pattes aux pieds griffus. Ils n'ont pas d'ailes, mais leur corps est paré de magnifiques écailles. Certains broutent l'herbe épaisse, tandis que d'autres frottent leur museau contre celui des autres, comme d'énormes chatons !

— Waouh ! souffle Summer.

Elle n'en croit pas ses yeux.

— C'est splendide ! murmure Jasmine.

— Magnifique ! renchérit Ellie. Ses doigts la démangent : si seulement elle pouvait les dessiner !

— Vous verrez, ils sont adorables ! dit Trixi. Mais c'est étrange… D'habitude, ils dorment le jour et vivent la nuit.

— Eux non plus n'arrivent peut-être pas à trouver le sommeil ? suggère Jasmine.

« Pourtant, la Clairière des songes est si belle et si paisible ! » pense Ellie. Elle y aurait volontiers fait la sieste !

Un immense dragon violet s'approche des fillettes, suivi de ses compagnons. Le plus petit, bleu et argenté, mesure la taille d'un cheval, tandis que l'aîné est deux fois plus grand qu'un éléphant. Ellie frissonne, impressionnée.

— Bonjour, Huang ! salue Trixi en voletant près de leur hôte.

— Salut, ma fée préférée ! répond celui-ci d'une voix grave et profonde. Voici donc les jeunes humaines !

— Je te présente Jasmine, Summer et Ellie ! annonce Trixi.

— Ravi de vous rencontrer ! déclare-t-il. J'ai entendu parler de vos aventures !

Summer s'avance, intimidée.

— Nous sommes venues chercher un ingrédient pour sauver le roi Merry... Malice lui a lancé un sort !

Les fillettes racontent comment l'horrible reine a empoisonné son frère.

— Nous avons besoin de poussière de rêve pour fabriquer un antidote ! conclut Ellie.

Huang regarde ses compagnons d'un air contrarié. Il souffle si fort que des fleurs de cerisier s'envolent en tous sens.

— C'est terrible ! s'exclame un dragon rose aux longs cils. Depuis hier soir, nous sommes totalement incapables d'en fabriquer !

— Voilà pourquoi les habitants du royaume ne dorment plus… comprend Ellie.

Les dragons hochent tristement leur lourde tête. Le plus

jeune s'agenouille et se frotte les yeux avec ses pattes.

— Ne sois pas triste, Chi ! tente de le consoler Trixi.

— Que s'est-il passé ? s'enquiert Jasmine.

— Chaque nuit, nous nous envolons au sommet de la colline

pour fabriquer de la poussière de rêve… commence Huang.

— Sans ailes ? demande Ellie, étonnée.

— Nous utilisons notre magie, précise-t-il. À la nuit tombée, nous glissons une écaille dans l'un des neuf trous enchantés du rocher, puis nous volons tout autour. Une fois l'écaille devenue pierre de rêve, nous soufflons dessus jusqu'à ce qu'elle se transforme en poussière. Nous la dispersons alors au-dessus du royaume, et chacun peut dormir en paix.

— Mais, à présent, nous avons peur du noir ! poursuit Chi.

— Comment ça ? demande Jasmine, incrédule.

— Hier soir, la nuit nous a paru terrifiante ! Alors nous nous sommes réfugiés dans notre grotte… explique-t-il.

— Et personne n'a eu le courage d'en sortir, grommelle Huang.

Une rumeur de désespoir parcourt le groupe de dragons. Summer sent les larmes effleurer ses paupières.

— C'est encore un sort de Malice ! gronde Jasmine en se tournant vers ses amies. Rappelez-vous comment elle a transformé les adorables lutins de la Pâtisserie des délices en elfes odieux et méchants ! Même Clara Columbus en avait oublié qu'elle était exploratrice !

— Pourtant, nous n'avons pas vu la reine depuis longtemps… remarque Huang, songeur.

— L'autre jour, une vieille dame est venue… rapporte Chi. Elle nous a donné un panier plein de cookies aux fleurs de lotus. C'était délicieux ! Nous avons tout mangé.

— À coup sûr, c'était Malice… intervient Ellie.

Summer se mord la lèvre.

— Mais oui ! Souvenez-vous : elle est déjà venue déguisée à la fête d'anniversaire du roi Merry ! ajoute-t-elle. Personne ne l'a reconnue !

Leurs hôtes se dévisagent, dépités.

— Qu'allons-nous devenir ? interroge Chi.

Pan, le dragon aux écailles roses, lance un regard suppliant à la petite fée.

— Peux-tu détruire le sort de Malice ?

— Hélas, non ! répond Trixi, navrée. Sa magie est trop puissante pour moi.

— Alors nous continuerons à avoir peur du noir ? demande Chi, la voix tremblante.

— Non ! déclare Summer avec détermination. Nous trouverons une solution !

— Laquelle ? demande Huang, sceptique.

— Je ne sais pas encore... avoue la fillette. Mais nous trouverons !

4. Une chevauchée magique

Les trois amies et Trixi se creusent la cervelle : comment briser le sort de la reine Malice ? En attendant, les dragons leur offrent du jus de lychee et des fruits en forme d'étoiles. Ils ont un délicieux goût de pêche et de prune. Assises sur des coussins moelleux en fleurs de cerisier, les fillettes se régalent. Mais, hélas, elles ne trouvent aucune idée !

Peu à peu, la nuit tombe. Chi suspend des lanternes de papier

orange aux branches des arbres. Leur lueur est douce et rassurante. Pourtant, les dragons sont de plus en plus inquiets…

— Allons dans notre grotte ! grommelle Huang.

Les fillettes échangent un regard.

— Et les habitants du royaume ? intervient Ellie. Vous devez les aider à s'endormir !

— Il est l'heure d'aller fabriquer vos pierres de rêve ! ajoute Jasmine.

— Courage, Huang ! murmure Summer en caressant les écailles du grand dragon.

Celui-ci lève les yeux vers les étoiles et secoue la tête tristement.

— Je suis désolé, vraiment… Il fait trop sombre !

Jasmine fronce les sourcils. Que faire ?

— Je sais ! crie-t-elle soudainement. Prenez chacun une lanterne ! Ainsi, vous n'aurez plus peur !

— Impossible ! répond Pan. Nous avons besoin de nos pattes pour avancer dans les airs et de notre bouche pour souffler…

Jasmine fait la moue.

— Mince alors…

— Et si nous grimpions sur votre dos ? propose Ellie. Nous pourrions vous éclairer !

— Bravo ! s'exclame Trixi en applaudissant.

Le regard de Huang s'illumine.

— Les amis, qu'en pensez-vous ? demande-t-il à ses compagnons.

Certains dragons paraissent sceptiques. D'autres avancent, l'air intéressé.

Inquiète, Summer se tourne vers Ellie : leur amie a le vertige...

— Ça ira, là-haut ?

— Je vais essayer... répond la fillette en avalant sa salive. Je le ferai pour le roi Merry !

— Dans ce cas, j'essaierai aussi ! déclare Pan. Veux-tu monter sur mon dos ?

Ellie attrape une lanterne avant d'escalader avec courage l'encolure du dragon. Les écailles de celui-ci scintillent sous la lueur orangée.

Huang s'approche de Jasmine.

— À toi l'honneur !

— Merci ! jubile la fillette.

— Je vous accompagne aussi ! annonce Chi. Avec Summer !

— Parfait ! se réjouit cette dernière.

— Je tracerai la route en volant devant vous, lance Trixi.

Elle tapote sa bague.

— « *Magie, éclaire-moi des pieds à la tête*

Que j'illumine la nuit comme une comète ! »

Aussitôt, un halo enveloppe la fée. Elle s'envole dans la nuit, éclairant leur chemin.

Les dragons prennent leur élan. Grâce à leur magie, chacun s'envole doucement. Ellie n'en revient pas : elle n'a pas le vertige ! Les dragons ondulent avec agilité dans les airs. D'une main, Summer tient l'encolure de Chi tandis que, de l'autre, elle brandit une lanterne. Le vent fouette les joues rosies des fillettes. Huang dépasse Chi en poussant un grognement moqueur.

— Coucou ! s'écrie Jasmine.

Summer se tourne vers Ellie et sourit. Malgré sa pâleur, son amie lève sa lanterne avec courage et détermination.

Bientôt, ils atteignent le sommet de la colline. Avec une patte, les dragons ôtent une écaille de leur poitrine et la déposent sur la roche. Puis ils volent en cercle dans le ciel.

Soudain, une lumière étincelante jaillit autour d'eux. Éblouie, Summer ferme les yeux. Quand elle les rouvre, les écailles se sont transformées en pierres : celle de Chi est bleu argenté, celle de Huang est violette alors que celle de Pan est rose.

— Hourra ! se réjouit Trixi. Vous allez pouvoir fabriquer la poussière de rêve !

Les dragons descendent chercher les pierres. À peine les ont-ils récupérées que Jasmine pousse un cri.

— Attention !

L'instant d'après, elle plonge avec Huang dans le ciel nocturne.

Au même moment, Summer entend un étrange battement d'ailes. En se retournant, elle aperçoit cinq créatures aux ailes sombres et aux yeux brillants qui foncent sur eux en caquetant méchamment.

— Les Esprits Ouragans ! hurle la fillette, terrifiée.

5. Course-poursuite

Chi file à toute allure dans le ciel, mais les Esprits Ouragans se rapprochent dangereusement. Summer lance un regard par-dessus son épaule : que tiennent-ils donc dans leurs mains ? Ce sont des gouttes d'eau !

— Nous allons éteindre vos lanternes et rapporter les pierres de rêve à notre reine ! ricane l'une des horribles créatures.

— Plus vite, Chi ! supplie la fillette, affolée.

Le dragon tente de s'échapper, en vain ! La goutte d'eau asperge la lanterne, qui s'éteint. D'un coup, l'obscurité de la nuit les enveloppe.

— Summer ? appellent Ellie et Jasmine.

— J'ai peur ! gémit Chi en tournant sur lui-même.

— Je suis là... murmure la fillette en caressant ses écailles.

Elle s'agrippe fermement à son encolure. Pas question de chuter ! Dans la panique, Chi lâche sa pierre. Mais, soudain, il ralentit sa course en poussant un grognement. Summer lève la tête : un petit point lumineux vole à leur rencontre.

— Trixi ! s'exclame-t-elle.

— Suivez-moi ! les guide la fée. Je vais vous éclairer !

Chi s'apaise peu à peu. Jasmine et Ellie, sur Huang et Pan, les rejoignent.

— Non ! Allez-vous-en ! crie Summer. Les Esprits Ouragans vont éteindre vos lanternes !

En effet, les horribles créatures foncent sur eux en brandissant leurs gouttes d'eau.

— Comment rassurer les dragons dans le noir ? s'interroge Summer, les sourcils froncés.

Les mots prononcés par Molly lui reviennent en mémoire :

« Comme ça, je vois les étoiles et je n'ai pas peur. » *Mais oui, les étoiles !* songe la fillette.

— Trixi, peux-tu chasser les nuages ? demande-t-elle.

— Voyons voir… répond la petite fée.

Elle tapote sa bague.

— « *Que les nuages filent ailleurs*
Pour rassurer nos dragons rêveurs. »

Summer regarde autour d'elle : le ciel est toujours aussi nuageux.

— C'est à cause de la reine Malice ! explique Trixi, désemparée. Sa magie est plus forte que la mienne.

— C'est elle qui a fait surgir les nuages ! comprend Summer. Ainsi, les dragons ont peur et ne fabriquent plus de poussière de rêve !

— Que faire ? souffle la fée, découragée.

Summer réfléchit : si seulement… Mais oui, c'est ça !

— Le sable d'or ! Grâce à lui, nous pouvons réaliser un vœu. Peux-tu faire apparaître le coffret, Trixi ? s'écrie-t-elle, les yeux brillants d'espoir.

Aussitôt, la petite fée tapote sa bague. L'instant d'après, le coffret jaillit dans une pluie d'étincelles.

— Merci ! murmure la fillette.

Le couvercle se soulève : Summer saisit le petit sac de sable, l'ouvre et prend de minuscules grains entre ses doigts. Vite, il lui reste peu de temps !

Au même moment, les Esprits Ouragans lancent leurs gouttes

d'eau, éteignant les lanternes d'Ellie et de Jasmine.

— C'est bien fait ! caquettent-ils méchamment.

Huang sursaute et, malgré lui, lâche sa pierre.

À cet instant, Summer lance le sable magique.

— « *Que les nuages s'enfuient ! Que les dragons ne craignent plus la nuit !* » chante-t-elle.

Un éclair fluorescent traverse l'atmosphère. Peu à peu, les nuages se dissipent, révélant un ciel dégagé.

— Regarde les étoiles ! lance Summer à Chi.

— Superbe ! s'exclame le dragon, rassuré.

— Magnifique ! s'émerveille Pan.

— Merci ! ajoute Huang, reconnaissant.

Les yeux des dragons brillent dans la nuit. La peur a disparu de leur regard. La lune ressemble à un croissant jaune suspendu dans le ciel étoilé.

— Le sort de Malice est brisé… murmure Summer en lâchant un soupir de soulagement. Ouf !

— Bien joué ! la félicite Jasmine. On a eu chaud !

— Bravo ! renchérit Ellie. Maintenant, allez vite fabriquer la poussière de rêve !

Mais Pan semble catastrophé.

— J'ai fait tomber ma pierre ! se lamente-t-il.

— Attention ! crie Ellie, horrifiée. Les Esprits Ouragans vont la rattraper !

— C’est à cause de Malice ! Elle veut sûrement s’en emparer ! se désole Jasmine.

— Empêchons-les de prendre nos pierres ! grogne Huang. Vite !

6. La poussière de rêve

Les trois dragons se précipitent en grondant. Ellie ferme les yeux et s'agrippe à la crinière de Pan. Le vent fouette son visage et ses cheveux.

De son côté, Jasmine encourage Huang à avancer plus vite.

Elle scrute le sol à la recherche des pierres de rêve. Soudain, elle en aperçoit une, qui brille.

— Là ! crie-t-elle.

Un Esprit Ouragan file aussitôt pour l'attraper.

— Attention ! prévient la fillette.

Huang lance un grognement terrifiant, faisant trembler les feuilles des arbres.

— Qu'est-ce qui lui prend ? s'indigne un Esprit Ouragan.

— Il est devenu fou ! hurle un autre.

— Je croyais les dragons inoffensifs ! répond un troisième, paniqué.

Celui-ci s'enfuit dans un grand battement d'ailes en lâchant la pierre. Huang s'élance et, d'un coup de patte, s'en empare.

— Bravo ! le félicite Jasmine.

— Regarde, Ellie ! s'exclame soudain Pan.

La fillette se décide à entrouvrir les yeux. Cette course-poursuite lui donne le vertige... Elle distingue la deuxième pierre, qui scintille au sommet d'un cerisier. Mais un Esprit se précipite pour la prendre ! Le cœur d'Ellie se serre : trop tard... Mais non ! Pan inspire profondément et crache une longue flamme.

— Aïe aïe aïe ! geint l'horrible créature en se sauvant, les mains sur les fesses.

— Génial ! se réjouit Ellie, cette fois les yeux grands ouverts.

Jasmine regarde autour d'elle : où sont donc passés Summer et

Chi ? Elle repère alors la dernière pierre de rêve, miroitant au bord de la rivière, près d'un grand saule pleureur doré.

— Là ! s'écrie-t-elle.

Mais le troisième Esprit fonce, plus rapide que Huang.

— C'est pour la reine Malice ! hurle-t-il.

— Non ! gronde une voix.

Chi jaillit du saule pleureur, Summer et Trixi agrippées à son encolure.

— Ahhh ! vocifère l'Esprit, effrayé, en lâchant la pierre.

Leur assaillant s'enfuit alors à toute allure.

— Hourra ! jubile Summer.

Soulagés, les dragons se posent sur l'herbe.

— Ouf ! souffle Ellie en glissant du dos de Pan.

Celui-ci frotte son museau contre elle.

— Tu as été drôlement courageuse ! la félicite-t-il.

— Quant à vous, vous n'avez plus peur du noir ! remarque Jasmine. C'est formidable !

— Nous allons bientôt pouvoir dormir... intervient Trixi en bâillant.

— À présent, fabriquons la poussière de rêve ! propose Chi.

— On peut vous regarder ? demande Jasmine.

— Bien sûr ! répond Pan en lui souriant.

Les trois dragons empilent les pierres.

— Prêts ? murmure Huang. Un, deux, trois…

Chacun d'eux crache un jet de flammes sur les pierres. Celles-ci deviennent dorées, rouges, orangées… Les fillettes ferment les yeux, éblouies. Quand elles les rouvrent, les flammes ont disparu. Il ne reste plus qu'un tas de poudre dorée scintillant sous la clarté de la lune.

— Voilà notre poussière de rêve ! déclarent les dragons.

— Merveilleux ! s'extasie Ellie.

— Nous allons la disperser dans le royaume… explique Pan.

— Ainsi, les habitants feront de beaux rêves, ajoute Chi.

— Mais, auparavant, servez-vous ! les invite Huang en souriant.

— Nous en prendrons juste un peu, les remercie Trixi.

Elle tapote sa bague : un minuscule sac doré apparaît. Elle y glisse quelques grains.

— Merci de tout cœur ! s'exclame Summer à l'intention des dragons.

— C'est nous qui vous remercions. Grâce à vous, le sort de Malice a été brisé ! répond Pan.

— La reine ne nous fera plus jamais de mal ! lance Chi. Car, désormais, nous savons que derrière les nuages se cachent les étoiles. Ce sont nos amies, elles nous éclairent la nuit !

— Allons réveiller nos frères et sœurs ! décide Huang en se dirigeant vers la grotte. Nous irons ensuite répandre la poussière de rêve dans le royaume.

— On vous déposera au palais, propose Chi.

— Fantastique ! se réjouit Jasmine, ravie.

— C'est sur notre trajet, explique Pan.

— Ellie, tu crois que ça ira ? s'inquiète Summer.

— Je commence à m'habituer… murmure la fillette avec humour.

7. Le royaume endormi

Huang réveille doucement les dragons endormis. À la vue des étoiles, leur peur disparaît : chacun s'envole aussitôt pour aller fabriquer une pierre de rêve.

Une fois la poussière prête à être répandue sur le royaume,

les neuf dragons s'élancent dans la nuit étoilée. Ellie, Jasmine et Summer chevauchent Pan, Huang et Chi. Quel voyage extraordinaire ! Elles traversent le ciel, le vent ébouriffant leurs

cheveux. Trixi, sur sa feuille, leur indique le chemin.

Huang, Chi et Pan confient leur poudre magique aux fillettes. Summer en lance quelques grains au-dessus de la Vallée des licornes. Bientôt, celles-ci s'allongent dans l'herbe, leurs longues pattes repliées sous elles, et s'endorment.

Du côté de la Plage dorée, les fées se promènent le long du port. Jasmine lâche à son tour une poignée de poussière. Aussitôt, les fées se mettent à bâiller. Quelques instants plus tard, les rues sont désertes…

Enfin, Ellie saupoudre le Volcan à bulles. Peu de temps après, les abeilles bulles rentrent à la ruche en zigzaguant.

Puis les dragons déposent les fillettes sur la plus haute tourelle du palais.

— Ouf ! souffle Ellie en rouvrant les yeux.

Tout ensommeillée, Trixi se pose sur l'appui d'une fenêtre. Les trois amies aperçoivent le roi Merry, arpentant sa chambre de long en large.

— Pauvre Majesté ! se désole Summer. Il a l'air exténué.

— Aidez-le à s'endormir ! suggère Huang.

Les fillettes lancent le reste de poussière de rêve sur le palais. Aussitôt, les lumières s'éteignent les unes après les autres. Le roi grimpe dans son lit. Il rajuste son bonnet de nuit, puis s'endort.

Trixi bâille à s'en décrocher la mâchoire.

— Tu es épuisée... murmure Summer.

— Je vais apporter la poussière de rêve à tante Maybelle, puis j'irai me coucher ! répond la fée.

Elle ajoute :

— Merci, mes amies ! Car non seulement vous avez aidé le roi et les habitants du royaume à retrouver le sommeil, mais vous avez aussi découvert le troisième ingrédient nécessaire au remède !

— C'est grâce à nos merveilleux dragons ! déclare Summer en frottant le museau de Chi.

Les dragons hochent la tête en souriant.

— Quelle aventure incroyable ! s'extasie Jasmine.

— On pourrait peut-être rentrer ? propose Ellie.

Summer regarde son amie. Même si ses yeux brillent de joie, elle est encore un peu pâle.

— Bonne idée ! approuve-t-elle. Jasmine, tu es prête ?

À contrecœur, la fillette acquiesce.

— Vous reviendrez très vite ! la console la fée en déposant un baiser sur le nez de chacune. À bientôt, mes amies !

— À bientôt, Trixi ! répondent les fillettes. Au revoir, Pan, Huang et Chi !

La fée tapote sa bague. Un nuage d'étincelles s'enroule autour des trois amies. Elles se prennent par la main. Bientôt, le tourbillon les soulève dans les airs.

L'instant d'après, elles atterrissent dans la chambre d'Ellie.

— Waouh ! s'écrie celle-ci. Je suis bien contente de retrouver la terre ferme !

— C'était génial ! s'exclame Jasmine.

— Oui ! Fantastique ! ajoute Summer, d'un air rêveur.

Des bruits de pas résonnent dans le couloir.

— Ouh ouh ! crie la petite voix de Molly. Vous me cherchez encore ? Je suis là !

— Euh… nous voilà ! balbutie Ellie en ouvrant la porte.

— Dommage que nous n'ayons plus de poussière de rêve pour l'endormir ! souffle Jasmine en adressant un clin d'œil à ses amies.

— J'ai une idée ! chuchote Summer avec un sourire en coin.

Une fois Molly couchée, elle s'assied au bord de son lit.

— Tu veux que je te raconte une histoire de dragons ? propose-t-elle.

— Oh oui ! répond Molly, les yeux pétillants.

Jasmine et Ellie les rejoignent.

— Il était une fois dans un pays lointain... commence doucement Summer.

Fin

Grâce à la dixième histoire
du Royaume Enchanté, tu exploreras
un nouveau lieu de ce monde magique !

Tome 10

Le Lac des nénuphars

Ellie, Summer et Jasmine sont conviées au Lac des nénuphars. Quel plaisir de jouer avec les nymphes du Royaume Enchanté ! Mais la reine Malice est bien décidée à tout gâcher… Les fillettes parviendront-elles à l'en empêcher et à récupérer l'eau magique dont elles ont besoin pour fabriquer le remède du roi Merry ?

Connais-tu tous les territoires magiques du Royaume Enchanté ? Non ? Compte jusqu'à trois et Frixibelle t'y conduira !

Tome 1
Le palais du roi Merry

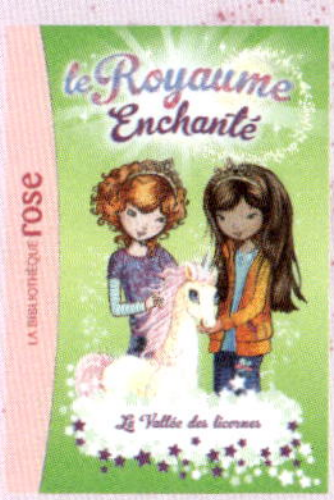

Tome 2
La Vallée des licornes

Tome 3
L'Île aux nuages

Tome 4
La Baie des sirènes

Tome 5
La Montagne magique

Tome 6
La Plage dorée

Tome 7
Le Volcan à bulles

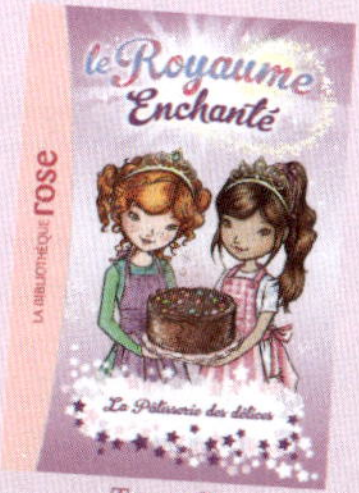

Tome 8
La Pâtisserie des délices

Table

PAPIER À BASE DE FIBRES CERTIFIÉES

hachette s'engage pour l'environnement en réduisant l'empreinte carbone de ses livres. Celle de cet exemplaire est de :
400 g éq. CO_2
Rendez-vous sur www.hachette-durable.fr

Photogravure Nord Compo - Villeneuve-d'Ascq

Imprimé en Roumanie par G. Canale & C. S.A.
Dépôt légal : février 2015
Achevé d'imprimer : janvier 2015
20.3949.3/01 – ISBN 978-2-01-203949-0
Loi n° 49956 du 16 juillet 1949
sur les publications destinées à la jeunesse